Canada hockey en mots

Per-Henrik Gürth
Texte français de Josée Leduc

Éditions
SCHOLASTIC

la patinoire

C'est l'hiver!
Tout le monde joue au hockey.

Il faut :

un casque

un chandail

un bâton

des gants

une rondelle

des patins

la machine Zamboni

La machine Zamboni nettoie la glace.

l'entraîneur

L'entraîneur motive son équipe.

la mise en jeu

Les joueurs prennent leur position pour faire la mise en jeu.

l'arbitre

L'arbitre met la rondelle en jeu.

l'ailier

Un ailier patine avec la rondelle
vers le filet des rouges.

le filet

le défenseur

Le défenseur dégage la rondelle.
Il l'envoie loin du filet. Fiou!

Il leur faut :

les couleurs de leur équipe

des sourires

du chocolat chaud

Allez les BLEUS!!!

des banderoles

des collations

le changement de ligne

L'entraîneur fait un changement de ligne avant la prochaine mise en jeu.

le lancer

Un joueur des rouges fait un lancer.

Les bleus ont l'avantage numérique : cinq contre quatre.

Une joueuse des bleus fonce vers le filet. Personne ne peut la rattraper.

La joueuse des bleus lance...

À Emily et Ben

Catalogage avant publication de Bibliothèque et Archives Canada

Gürth, Per-Henrik
[First hockey words. Français]
Canada : hockey en mots / Per-Henrik Gürth, auteur et
illustrateur ; Josée Leduc, traductrice.

Traduction de : First hockey words.

ISBN 978-1-4431-3816-1 (couverture souple)

1. Vocabulaire--Ouvrages pour la jeunesse. 2. Hockey--Ouvrages pour la jeunesse.

I. Titre. II. Titre: First hockey words. Français.

PC2445.G87 2014   j448.1   C2014-901288-8

Conception graphique de Per-Henrik Gürth et Julia Naimska

Édition publiée par les Éditions Scholastic, 604, rue King Ouest, Toronto (Ontario) M5V 1E1
avec la permission de Kids Can Press Ltd.

5 4 3 2 1   Imprimé à Hong Kong CP130   14 15 16 17 18

Les illustrations ont été créées au moyen d'Adobe Illustrator.

Pour le texte, on a utilisé la police de caractères Providence Sans Bold.